QUEASY AND IATRIC

ASAIYRA

SUMEET KUMAR

Copyright © Sumeet Kumar
All Rights Reserved.

SUMEET KUMAR

SUMEET KUMAR, A adult who experinces many phases of life , a well known writer and a writer of new era .In reality he is a writer as well as ,singer ,poeter ,shayr ,quote writer ,lyric writer and and a performer well as anchor or standup comedian.Very exicting and intresting fact about him is that he is author of new era i.e. He starts his journey of writing at the age when he was going to schools to get the study .His streak of 100 books will be the great achievment for him in future ,His some famous works i.e

Maturity of love (genre _Love) Privacy of dream (Genre -LIFE STYLE OF MIDDLE CLASS).

you can also buy his book from **NOTION PRESS ,ABE BOOKS ,IMUSIC IN ,FLIPKART ,AMAZON ,KINDLE ,INSTANT READ LIKE EBOOK ,KINDLE ,GOOGLE ,INTERNATIONAL SITES AND MANY MORE .**

PODCASTER ON SPOTIFY :@BROKEN HEART

INSTA ID : BOOKHUB92

GMAIL: sumitkumar 88234

LINKEDIAN : SUMEET KUMAR

Contents

Preface

Enter Caption

ASAIYRA

is not just a story because ist is that part of my life ,which I say in words but cant explain in the way of emotions,It is still imprisoned in some contemplation,this in not just a love story ,this is the story of the character of the society ,which is being told for centuries ,non one has ever paid attention to religions ,but we also lose all people the affection for our future ,which people call humanity .

I dont know if i will ever be able to find her but I know so hard that my passion and my desire will never be able to forget her ,If I have legft that journey ,then I am his only friend and no one else ,I want to say that you are my only soul .

I can never seprate your memories from mine even after forgetting ,even if I am sitting on the grave ,I am immortal in your feet .

SUMEET KUMAR

Acknowledgements

SUMEET KUMAR

SUMEET KUMAR , A adult who experinces many phases of life , a well known writer and a writer of new era .In reality he is a writer as well as ,singer ,poeter ,shayr ,quote writer ,lyric writer and and a performer well as anchor or standup comedian.Very exicting and intresting fact about him is that he is author of new era i.e. He starts his journey of writing at the age when he was going to schools to get the study .His streak of 100 books will be the great achievment for him in future ,His some famous works i.e Maturity of love (genre _Love) Privacy of dream (Genre -LIFE STYLE OF

MIDDLE CLASS).

you can also buy his book from NOTION PRESS ,ABE BOOKS ,IMUSIC IN ,FLIPKART ,AMAZON ,KINDLE ,INSTANT READ LIKE EBOOK ,KINDLE ,GOOGLE ,INTERNATIONAL SITES AND MANY MORE .

PODCASTER ON SPOTIFY :@BROKEN HEART
INSTA ID : BOOKHUB92
GMAIL: sumitkumar 88234
LINKEDIAN : SUMEET KUMAR

.

ONE
HEAL THE HELL

Enter Caption

Zindagi mein hame loog kayi tarah ke milte hai kuch ajnaabi hote hai toh kuch pechaan vale ,ye jinse ham waqif hote hai ye jab kabhi bhi hamari mulaqat hoti hai per unki fidrat bhi hmaesha ek tarah ki nahi hoti matlab kuch log aishe bhi hai ish duniya mein o matlabi hai ,matlab har kishi ko pata hai per kuch chup baith jate hai aur aage badhne ki koshish karte hai toh kuch aagaz ye badle ki bhavna rakhte hai unse , jab sab kuch hokar bhi apko kuch raash na aaye toh samjah jayo ki zindagi barbaad hone vali ,agar ush waqt apne apne kando ko majboot na kiya toh sayad pakda dhilli per jaye aur zindagi aur apki har ek tamana apse durr ho jaye ,shidddat ki bhi ek apni hee kahani hai ye har acche kaam mein sath nahi deti jab tak api ruhh ye kahe ki aab kitna ldega khud seh aab toh sant baith ja aur aage badh ,mein yeh duniya ye samaj ki baateion nahi kar raha hai mein khud ke baare mein keh raha hun ek alaga shi jung chalti hai har roj jisme mein har baar jata hun khud seh per kabhi peeche nahi hattta kyunki janta hun ki agar kishi din khud seh harr gaya toh duniye toh pehle seh bereham hai jabaato ke mamlo mein kahi kabr per hamari tareeq na tay kar de ,ek kamjoor saksh ke pass sirf sympathy hoti hai per ek majboot insaan ke hisse mein purri mehfil kaalin aur chadar ki tarah uske neeche ser jhukati hai ,maine bhi kay baar khud seh ye saval kiya hai ki kya mein khud ke kaabil hun matlan zindagi itni narg hai jishe jeene ke liye har roj apni saaseion jalani parti hai kya mein iske kabil hun ?ye kabhi yeh mujhe kabil maanegi kyunki mein iske kareeb jitna jata hun ye mujseh uti hee durr ja rahi hai ,sayad mumkin nahi hai ki mein un looge seh durr jayun jo mere haqq mein kabhi mere thhe hee nahi per unhe dusre log mujseh zyada raash kaishe aate hai ,matlab maine bhi unke sath har vo rishte nibhaye hai jo zarrori thhe aur sayad usse zyad mein unke kareeb raha hun phir bhi aishi kaun shi qafas hai jo mujhe aaj bhi unke kareeb janne per majboor karti hai,rishte toh aur bhi kayi hai phir vo ek saksh aur vo ek raste aur unki mehfil seh hee mujhe ishq kyun hai ? galat toh hun mein janta hun per jaan kar bhi agar vo galtiyan mujseh ho rahi hai toh kya mein guneghar nahi ,kya mein ek doshi nahi hun ?

Kya mujhmein jeene ki shiddat khatm ho chuki hai ? kahi meri mehfil mujseh hee toh nahi ruth gayi hai ? maine zindagi ko itne kareeb seh dekha hai ki aab mahsoosh nahi kar sakte hai ,maine har vo rishte nibhaye hai jo insaniyat seh hokar gujarte hai aur meri mehfil seh durr rehte hai ,sayad kamayaab hokar bhi aaj kamayaab nahi kyunki mere rishte hee mere paas nahi hai ,sochta tha ki kishi aishe safar jayun jaha sukoon ho per ye bhi bhul chuka tha ki safar badalne seh raste nahi badalte ,manjil nahi badalti ,ham vo yaadeion kabhi khud seh mita nahi sakte ye toh unke sath rehkar jeene ki aadat dalni paregi ye unse pareshaan hokar kabr per baithne ki riwayat karni paregi ,hame kamjoor kishi ki yaadeion nahi banati kyunki uske liye toh ham khud jimmedaar hote hai har baar kehne ke baad bhi jab vhi gaaliyan aur mohalle useki riwayat mein yaad aaye toh kish kadar hamari ruhh ushe bhul payegi ,zindagi kab jehar bann jaati hai kishi ko cahte hue pata hee nahi chalat bash akhiri mein kuch yaadeion ki be-shummar daulat hoti hai jiski hame kabhi tamana hee nahi thi ,mujhe ye nahi pata ki meri zindagi kitni durr tak hai ,matlab mein kitna jeene vala hun ,per ye dard aab bardaas seh bahar hai ,aishi baat bhi nahi hai ki mein ish seh nahi sakte yeh ishe bhula nahi sakta ,bash aab khairat nahi hai jehn mein ki ishe khud seh durr karu ,kyunki ye kuch mahino ki baat nahi hai ,ye zindagi bhar ki baddua hai jishe mein apne sath lekar chala raha hun vo bhi ek aishi safar jiski khairat hee khali hai mere hisse mein .

Aab toh bachpan ki kuch yaadeion hai jo karvi lagti hai kyunki aab nafrat seh ho chuki har ush pyaari cheez seh jishe kabhi yaad kar ke zindagi ko ek sukoon manta tha ,jeene ki fidrat har roj khud ke aanadr marr raha hun aishi baat nahi hai ki waqt nahi hai jeene ke liye per aash kho chuka ,aur mein ye baateion purri tarah seh janta ki mein jitna maut ke kareeb ,meri zindagi jeene ke liye mujhse utni hee riwayat degi ,khair kuch karne ka mann nahi karta aab ,umar kacchi hai aur sapne bhi bahut hai sayad inki cahat bhi adhuri hee reh jayegi,kitna khud ko aage badhayun mein ye khud nahi janta ,aasyun bhi sukh chuke hai aur mujseh bash yehi keh rahe ye toh ish safar ko chhod de ye khud ki baudaulat aage badh ja varma zindagi tujhe toh nahi chhodne vali aur maut tere hiisse mein aabhi raash nahi , sayad har vo raste galat hai jo maine chune hai ,sayad mein aab harr chuka hun apni zindagi seh ye jaan kar bhi aage badh raha hun per kyun ?rukna toh cahta hun per kuch rishte aab bhi hai jo mere haqq mein mujseh ye keh rahe hai ki agar tunne unke sath apni shddat nibhaye hai toh hamre sath kyun nahi nibha skata ? daulat bhi mili hai toh hisse mein karz ki mili hai ,sayad har ek cheez mumkin nahi hai mere hisse mein per ha inta zarror janta hun ki kuch kar ke hee kabr ki cahat purri karni hai ,bhale hee khalli hath aaya tha apne hisse mein per jaate waqt zindagi seh vo saare lamhe le kar jayuga jo mujhe fariyaad karege .

khair thak chuka un rishto ko nibhate jo kabhi apne thhe hee nahi ,kaun kehte hai ki sarre ke jalne ke baad sirf rakh hee milti hai hisse mein jara mahasoosh toh karu ush aag jab koi saksh jalta hai toh hisse mein sirf rakh nahi purri zindagi rehti hai ush ek saksh jisne kamaya toh bahut kuch hai per hisse mein sirf vo apni yaadeion lekar ja raha hai ,kehte hai marne ke baad kishi ke baare mein bura nahi kehte ,duniya itni matlab hai ki kabr per baith saksh ko aaj kal chhodti do chaar gaaliay taufe ke roop mein de hee deti hai ,aur ye maine khud mahasoosh kiya hai ,agar pehle rsihte theek nahi toh matlab ke liye unhe theek matt kar agar ranjish kar hee raho toh zindagi bhar karo ,kyunki juthhi shaan aur aur zindagi mahaaon vali baateion vhi loog karte hai jo apni zindagi seh toh kuch nahi cahte per auro ki zindagi seh bahut kuch le jaate hai usmein seh sabse mehngi cheez sukoon hai ,kabhi naik dil bande ko tadpaya matt karo varna vo purri raat so nahi paata ye maine kayi baar suna hai ,per unke kya jo aache bhi hai aur burre bhi hai ,kya vo jee paate hai kyunki unki achai unhe burra banne nahi deti aur unki burani unhe duniya ki najron mein aacha manti nahi hai ,matlab vo ek aishi zindagi ji rahe hai jaha ek taraf maut hai vo bhi sukoon vali hai aur dusri taarh ek zindagi jo ki barbaad hai ,akkhi chune bhi toh kaishe chune dono tarf toh mere khyal seh hisse mein taqleef barabaar ki hai aur aishi taqleef hai jishe cahh kar bhi khud seh alag karne ki koshish nahi kar sakte hai .

Mujhe khud seh kabhi mohabatt ishliye nahi hui kyunki mein janta hun ki mein jo zindagi ji raha hun vo meri apni hai hee nahi ,kyunki jish hisse mein sukoon ke badle nafrat ho aur taufe ke badle mohabatt aur farogh ki jagah pe be-shummar tauheen vo meri zindagi ho hee nahi sakti ,bash agar mujhe khud per shaan hai vo bhi kishi cheez ko lekar toh vo ye hai ki mein bhale hee har baar haar jaata hun per agali subah harb din ye koshish zarror karta hun ki kal ki subha aur aaj ki subha ek jaishi na ho ,aur syaad kamyaab ho bhi hota hun ,per kabhi harr kar ye rukk kar apni zindagi behtarin karne ki jagah aur narg nahi banata ,kyunki vo kehte hai na chand aur sooraj bhale hee pani chamak chhod de per unki fidrat aur unke aude tab bhi vhi rehte hai cahe unki roshni cheen hee kyun na li jaye ,ateet aur bhavishya ki mujhe oi parvaah nahi kyunki ek jiski khairat pehl seh miat di gayi aur dusri jiski khairat ka kuch pata nahi toh uske baare meon soch kar bhi ham apni zindag kishi tarah badale ki koshsih kare aur unke baare mein soch kar ham apne aaj ko kyun barbaad kare ?

Har kishi ye baat mujseh behtar pata hai ki hamari zindagi sukoon seh zyada hame taqleef deti hai phir bhi ham kabhi isse durr nahi jaate toh jo sukoon deni vali mohabatt jishe ham mehnat kehte hai ham usse itna durr kyun hai ,matlab har baar harr kar vhi laut jana ,ushi saksh ke kareeb khud ki taalsah karna aur jo saksh uske hisse mein pehle seh hee kaid hai ,ushe aur tadpana ye kaishi zindagi hai ,mujhe toh bewafa lagti hai vo bhi itni ki cahh kar bhi isi yaadeion ko jehan seh kaishe mitaye ?

khair kuch safar aishi bhi hote ha jo bina mushafir ke hote hai manjil bhale hee sath hote hai per raaste kuch khaas nahi hote ,tutt kar bhi jo aage badtha hai vo zindagi mein mahaan hai aur jo apne rishto ke sath khud ki farogh tay karta hai usi kahani hee ek shaap hai , mein manta hun maine zindagi seh kahi baateion sikhi hai per usme kuch baateion hai aishi bhi jo sayad medre talim ke kabil nahi hai aur sayad insaniyat ke khilaf bhi hai ,jaishi ke chaal ,kapat ,nafrat ,kishi ke bhavnao seh khle ye uska istamaal karna ,kyunki meri zindagi mein toh ishe shaap manta hun ,kyunki zindagi ek gool pahiye ki tarah hai jo apke ahr waqt vhi mahasoosh karayi gi jo aap karna nahi cahte ,vo apko har waqt vhi le jaygei jaha aap jana cahte ,cahe raste kaiseh bhi manjil ek ho ye zarrori nahi .

**"*NA ATEET*
KI CHINTAN
MUJHE
NA
BHAVISHYA
*KI***

MEIN
RAKH
HUN
BHOOTKAL
MEIN
JI
KAR
HEE MEIN
AAJ
USH SOORAJ
KI CHAAP
HUN. "

TWO
DESTRUCT WITH MY NATURE

Enter Caption

Aaj jehan mein sirf kuch khalli panno ki suagat jo mein likhna toh cahta hun sayad aab vo kuch yaad nahi ,yaadeion jehar hoti hai ye har kishi ko maloom hai phir bhi ham unke bina ji nahi sakte kyunki jab inki fidrat ek baar ush ruhh ko chuu lete hai na toh marte waqt bhi inki yaadeion hame utni hee taqleef deti hai jitni pehli deti hai ,ye waqt ko kabhi nahi manti kyunki iski shiddat waqt ke gujare ke baad aur bhi gehri ho jaati hai ,vigyaan ne ye kaha ki har waqt daba hee kaam aati ek saksh ko theek karne ke liye behissab vo dua bhi badi khubsurat cheez hai hisse mein agar vo ek baar mill jaye toh zindagi sabar jaati hai aur bhi behtar bann jati hai ,mujhe isse aitraaz nahi hai ki agar koi mere sath nahi hai mein apni saaseion khud ke hisse mein la raha hun cahe vo taqleef seh bhari hee kyun na hai ,per aishi baat toh ki ham en yaadeion ko kabhi mita nahi sakte hai ,jab loog apne rishte tak bhula dete hai toh ye yaadeion toh matr ek jariya hai hame khud seh karne ke liye ,agar aap isme kamayaab ho gaye toh zindagi behtar seh bhi acchi bann jati hai ,apke burre karmo ko duniya bahut jald samjah jaati hai per jab kishi achai ki sururaat apke hisse mein toh samaj aur uske juthe vaade bhi ush waqt apke sath nahi rehte hai ,jeena hai toh khud ko kabil banao yeh roj haarkar apni zindagi jehar matt banao ,maine dekha logge ko ishq ke peeche bhagte hue ,raat bhar rote hai ,rishte todte hue khd seh durr jaate hai apne parivaar seh durr jaate hue aur bhi bahut saari haade hai jo ham parr kar det hai per kya ham ek baar unhe parr karne seh pehle sochte hai ki hamari zindagi aage jakar inke bina kaishi ho jayegi ? agar vo ape sath hai toh kabhi apka sath nahi chhodge per taqleef toh unhe bhi hoti aur kya ush cheez ki khairat vo apke hisse seh kab maang le ,taqleef kaishe na jisne apni saari khushiyan ush ek insaan ke haqq mein kar di hai aur khud besahara bann chuka hai apni manjil seh ush taqleef kaishe na ho ,baat sirf yeha rishto ki nahi ho rahi kyunki vo toh kabhi thhe hee nahi ,baat ush ruhh ki ho rahi jisne ush ek saksh itna sath nibhaya ki agar vo aaj taqleef mein bhi hai toh apni chand saaseion ginn raha hai aur sayad vo bhi uske haqq mein nahi hai ,per isse aitraaz nahi hai mujhe zindagi agar hamari wajah seh kishi ki behtar hai toh rehne do,kam se kam tum vo adhuri zindagi purri karo ,apne har ush khwaab ko jiyo jo tumne apni mehfil mein chhod diye hai ,chalo khud ko aab khushnaseeb banta hun ki mein toh bikhar gaya per uski zindagi toh sabar gayi hai ,yeh ishq hai nahi mujhe bhi nahi mallom per itna zarror jante hun ki kabhi ush najar seh meri ruhh ne unhe nahi dikha vo khud ko mere hisse mein aakar bhi khud ko mehfooz na samjhe ,ek waqt ke baad zindagi bhi kuch aapse cahti hai aur agar ush waqt aap ushe vo cheez na do paaye toh uski bhi bewafai ush waqt samne aati hai ,marg koi wajah nahi hai ki aapn apni yaadeion khud seh durr kardo ,ye toh bash hisse ki aishi amanat hai jo apke waqt ke beetne ke baad saup di jaati hai agar aap iske layak ho toh ,maine khud seh bash itna siokha hai ki maine apni zindagi ji li hai jiske hisse mein mujhe farogh bhi mil hai khushiyan ki suagat bhi ,aur baat agar khamshiyon,aur dard ki kare toh vo aaj bhi behissab hai ,sayad ush waqt vo ladka sahi jo en sab se durr rehte tha khud ke baare mein sochta tha ,kishi ki laat ne ushe itna barbaad kar diya ki aaj kamayaab hokar bhi vo khud ko sambhal nahi pa raha ,uski farogh ushe rakh lagne lagi hai waiseh ye baateion mein kishi aur ke baare mein nahi kar raha khud ke baare mein hee kehe raha hun ,khair sayad sambhal jaata agar ush ek saksh seh mohabatt na hoti toh ,meri zindagi mere asool aur saare khwaab aab kuch khaas nahi hai ,aab khud seh bhi ish kadar nafrat ho chuki hai khud ko ush aayene mein dekhna nahi cahta mein har dafa bash kishi ki yaadeion hai jo mujhe khud seh durr kar raha hai aur keh rahi hai ki tu kabil nahi hai per hisse mein ek taraf vo bhi hai jishe mein bhul nahi sakta vo koi aur nahi mere wajood ki kahani hai ,kya sach mein ush ek saaksh ke peeche itna pagal ho chuka hun ki mere aage ki zindagi bhi ek dhundli kaanch ki tarah najar aa rahi hai ? kya sach mein apni har vo mehnat bhul chuka hun jo ush ek saksh seh yaadeion seh bhaar nikalne ke waqt maine ki hai ,aur manta hun vo khush hai apni mehfil mein toh mujhe kyun fark parta hai ? agar vo galat hai toh unke liye karma hai na ?mein kishi ko apne hathon seh kyun taqleef dun ,agar meri mohabatt ek pal ke liye unke hisse mein sacchi thi toh vo khuda mujhe ish kadar nahi tadpane vala agar uske wajood ki kahani sacchi hai toh ,agar vo ek pathar nahi hai toh ushe apni fidrat dikhani hee paregi apne hisse mein mujhe lekar.

Safar ki sururaat karte hai toh ,kyunki agar apne dard ki kahani u hee baaayan karte raha toh sayad un panno ki sauagt bhi sukh jayegi waqt ke sath mere aasyun ki tarah jo aaj bhi jinda hai mere jehn mein aur behad taqleef mein hai

.

ARJUN ANEJA
LUDHIANA
141001
CRIME :DIL DA MAMLA
IDENTITY :MERE HALAT

Sayad ye mere alfaaz har kishi ko samajh mein nahi aa rahe honge uski bhi ek wajah kyunki jab maine ye pechaan banayi thi toh kuch loog mujhe pagal kehte hai toh kuch devdaas aur bhi bahut kuch kyunki meri zindagi seh kabhi waqif thhe hee nahi ,na hee mere dost ,na hee parivaar aur na hee mere rabb ,khair jo kehna cahta hun vo ssedhe kahunga kyunki zindagi mein saare siyaape ulte hee chale toh zindagi ki har vo kahani jo mein apko apne sabdo mein batana cahta hun vo toh seedhi zarror honi chaiye ,akhir apne bhi kayil lamhe aur kayi baateion suni hai meri vo bhi betuki toh itna toh kar hee sakta hun mein apke liye aapke hisse mein..

Waiseh mein bachpan seh ludhiana ka nahi hun matlab mere gharvale yeha rehte hai aur mere purvaaz bhi per mein yeha ka nahi hu iski bhi ek kahani hao ji jo batayunga zarror per usse pehle kuch lamhe aage toh badha do apne panno ko ,bada seedha ladka tha mein matlab toh samjah hee raho hi ,punjab mein jo baateion seedhi keh di jaye vo kabhi ssedhi nahi hoti bilkul yeha ki makkhan ki tarah ,waiseh ye kahani toh **ARJUN ANEJA** ki hai matlab meri hai per isme bhi kayi kiredaar hai ,pehle mere papa ji jinka naam **LOVELY ANEJA** hai ji ,waiseh sach keh ditta aude baateion bhi badi changi hai ji ishliye unhe lovely singh keh ke bulate hai saare ,dusri meri bebo hai ji matlab meri ma jinka naam **BABLI ANEJA** hai ,aur en sab ke baad jo teesri kiredaar ki mein baateion kar raha hun unki list thodi lambi hai ,matlab mera chhota sher maara bhai **AKHIL ANEJA** ,ye hamari chhoti duniya nahi hai waihse aur bhi bhaut saare hai ,matlab mere kaka ,mama,aqur unki patniya aur meri parjaiye bhi , waieh toh meri zindagi badi aachi hai matlab sab kuch hai safar mein mere sath parivaar ka sath ,ek acchi farogh,paisho di koi kami nahi aur sabse badi cheez bapu aur ma da sath ,khairat mujhe punjabi utni aati nahi mein bhale hee ludhiana seh hee kyun na rahun ,kyunki bachpan mein mujhe mere gharvalo ne mujhe bahar padhne ke liye bhej diya ,chinta matt karo jii mein apne desh seh bahar nahi gaya mein apne desh mein tha apne mama ke gha**r PUNE** mein ,kabhi gharvalo seh ye keh na saka ki unki kitni yaad aati hai,matlab mein janta hun ki unke kareeb kabhi bhi ja sakat hun per unki bhi ek wajah hai jo mujseh badi ye padhai toh matr ek bahana usse pehle toh mujhe apni ma da sapna purra arna hai ,maine kabhi zindagi utne kareeb seh nahi dekhi jitna ki mein dekhna cahta hun ,aishi baat nahi hai ki kushiyan nahi hai hisse mein per sayad hokar bhi aajkal ghumsuda hai un ke bina ,khair mein apne parivaar seh aaj milne vala vo bhi 22 saal baad ,unhe ye toh ye khabar bhi nahi ki mein unse milne vala hun ,bada khush hun ki aaj itno saalo ke baad ma ka cehre dekhunga vo bhi samne seh nahi toh zyadataar unse baateion yeh toh phones per hee hote hai ye vedio call ki hee baateion kar lo ,ye" online vali duniya ne toh offiline rishte hee mita diye hai " bhale hee ye hamari behad madad karte hai per hame khud seh bhi toh durr kar dete hai aur kitne hee apradh aajkal inke wajah seh hote hai ,khair inke baare mein agar kuch baateion kah toh purri raat ho jayegi ,waishe aaj din mein bada khushnasseb manta hun ki aaj mein apne parivaar seh milne vala hun apne chhote bhai seh milne vala hun apan bapu ki aankheion dekhna vala hun vo bhi khushiyo vali , per sayad aab vo khwaab purre nahi hone vale aur vo kyun nahi hone vale uske peeche bhi ek wajah hai ?

Mein jish din ki baateion kar raha hun vo 12th june ki baate hai per usse pehle ek aishi ranjish ki gayi hai mere hisse mein ki mein cah kar bhi khud ke parivaar ki madad nahi kar sakta ,12th june jab mein apne ghar ludhiana ja rahe tabhi raaste mein hee khabar aati hai ki mere chhote bhai ko police lekar ja rahi vo bhi kishi ke khoon ke mamle mein , maine mama seh pucha bhi kayi baar ki kya hua ,kya mamla hai purra aur vo chhote ko kyun lekar ja rahe hai aur usne kiska khoon kiya ? per mama ne kuch bataya nahi mein bash raab seh ye mehar maang raha tha ki kaash mein apne ghar jaldi pauch jayun aur apne parivaar seh jadli milun aur aishi ho hee nahi sakta ki mera chhota bhai kishia ka khoon kar sakta hai ,mein ush waqy ye bhul hee chuka tha ki mein karne ya ja raha hun aur ho kya hai ? kuch umeed thi jo apne sath lekar ja raha tha khushiyon ki per vo toh gam ki baraat lekar aayi meri mehfil mein ,jab mein apne ghar pauvha toh saare saman bhikre thhe ,maine ma aur bapu ko bhi dhunda per vo vha dikh nahi rahe thhe ,maine sabse agal bagal pucha bhi per kishi ne javab nahi diya ,mein daurr kar bhaga vha seh phir panchayato seh baat bhi pucchi aur vha ke mukhiya seh bhi jo mere behad kareeb thhe ,matlab mein unhe kaka bolta jinka naam **,AZAD SINGH** tha per unhe bhi kuch batya nahi mujhe bash apne ser ko jhukaye khade hue thhe ,aur jaishe hee thak haar ke ghar paucha toh chhota kaa mere sath matlab mere chhota bhai mere samne tha ,maine usse pucha bhi ki tujhe kya hua ? tu theek toh hai ?aur kish da khoon kar ke aaya hai tu ?aur police ne tere seh kya kaha veere .

AKHIL ANEJA : Vade bhara tusi kab pauche itthe ? aur paji apne mujhe pechaan liye mein apka chhot bhara ,apka veera .

ARJUN ANEJA: Oye! khote mein tenu janda hun ,tu theek toh hai hai ,mame ne kaha ki tenu police vale kishi khoon ke gunha mein le gayi shi ,emin toh oye pagla ho gaye otthe bhaga jaldi seh tu theek toh hai veera tenu kiddee chhot toh nahi aayi ,maine ghar naal ,panchayat naal saare naal gal bhi kitti per kishi na javab na diya ..

AKHIL ANEJA : Arjun bhai saare majak kar rahe thhe apke sath vo apke liye ek khushkhabri shi ishliye apka dhyan bhatkane ke liye sabne aishi harqat ki ..

ARJUN ANEJA : oye ! tum sarre pagla ho bhale aishi harqat kaun karta hai ?

Waiseh ush din meri sach mein jaan nikal gayi thi matlab aishi kaun karta hai ? phir uske baad mein apne parivaar seh mila aur saare mere majak uda rahe thhe yeha tak ki azad kaka bhi ,mein bhale hee une sath bachapn mein unke sath raha nahi phir bhi apni mitti ki khushboo har dib maashoosh kitti hai ,bhale hee kitne waat tak unse durr raha per kabhi unse alag nahi hua ,waiseh ush din mere naal aisha ishliye kar rahe thhe kyunki mein ush din mera janm din seh ji ,matlab mujhe toh bilkul bhi koi idea nahi tha kyunki miane utne saalo seh apna janm din kabhi nahi banaya ,khai iski khushi toh alag thi per **SAIYARA** seh milna ki khushi alga ,matlab dungni thi , Waiseh maien **SAIYARA** seh toh aap sab ko waqif hee nahi karvaya **,SAIYARA KHATOON** ,mein zindagi mein vo khwaab jiske bina meri raateion purri nahi ho sakti mein bhale hee apne khwaab khud seh durr karlun per saiayra seh kabhi nahi durr nahi sakta **,22 saal** uske bina kaiseh gujare hai mein hee janta hun ,meri har vo shiddat absh uske mohalle seh har roj hokar gujarti vo bhi khwaabo mein ,waiseh vo khatoon thhe matlab unke dharm ki parchai hamse alag thi vo muslim thhe aur ham punjabi ,per mere banu ne kabhi ye aanat nahi kiya kyunki **SAIYARA** jinki beti thi vo mere bapu ke bachapn ke dost thhe ,matlab **HAKIM KHATOON** ,vo mere babu ke behad kareeb toh thhe hee per mere bhi bahut thhe kyunki kvo mujhe pane bete ki tarah mante thhe aur sayad **SAIYARA s**eh zyada ,waiseh hamari kahani behad anjaan hai ,matlab ham kabhi ek dusre seh muqabil hee nahi hue bash naam ke sahare aur baateion ke sahare hee hame ek dusre seh mohabatt thi ,matlab 22 saal seh na toh ham ek dusre seh kabi waqif hue aur na hee kabhi ek dusre ko dekha hamne ,sirf baateion bhi hoti thi toh lafzo ke sahare ,usse milne ke taras raha tha jaishe koi pyaasa panchi ho , kya batayun suek baare mein ? mein husn ki baateion toh nahi kar sakta per ruhh seh uski mohabatt thi mujhe ,en 22 saalo mein kabhi socha hee nahi ki usse ish kadar bhi milunga ,matlab sab kuch theek tha per hame toh yeh andaaza bhi nahi tha ki bachapn ke alfaaz javani mein kuch ish kadar seh karvat lenge , waiseh ush din babu ne mere aane ke per ek jash ki raat rakhi thi ,aur aap jante hee ho punjabiyo ki raat kaishe hoti hai ,khair mein bahur besabri seh **SAIYARA** ka intezaar kar raha tha ,maine hakin chacha seh kayi baar pucha bhi ki nsiayar kaha hai ?per unhone ne yehi kaha ki beta vo tumhare liye taufe lane gayi bash aa jaygei ,sabr karo ....

"

KI

KUCH

BATA

NAHI

SAKTA

KI

KITNA

TADAP

RAHA HUN

TUMHARE

INTEZAAR

MEIN TUMSE

MILNE KE

LIYE "

"AUR

U

HASEEN

RAATEION TOH **”**

“*KAYI GUJARI*
HAI
TUMHARI
YAADEION
*MEIN***”**

“*PER*
AAJ
SAYAD
VO RAAT
BHI MAHROOM
HO
CHUKI
TUMSE
MILNE
KE
LIYE EN
SITARO
*MEIN .***”**

“*KI KHUSHNASEEB*
HAI
VO
APNE
HISSE
MEIN
TAQLEEF
MUJHE
HOTI
HAI

AUR
GUMNAAM
USKI
YAADEION
HAI
MEIN CAHTA
TOH HUN
KI
KHUD KO
SAMBHAL
LUN
USKI
NAFRAT
MEIN
PER BEIGAIRAT
USKI NAFRAT
BHI
EK
JAAL
HAI
MERI
MEHFIL
MEIN."

THREE

ADORE WITH TEARS

Enter Caption

Sayad umeed nahi ki thi ush khud seh ki vo itna bereham ho jayega mere hisse mein meri khushiyon ke khilaf ,sayad har vo raat ush din fhiki lag rahi thi uske bina ,raateion kayi beet chuki thi pehle usse milne ke khwaab per sayad ush raat ki jalim baat hee kuch aur thi saali khatm hee nahi ho rahi mein absh intezaar kar raha tha uska ki vo aab aaygei mujseh milna ke liye ,kyunki iske pehle toh usne juthe vaade nahi kiya thhe mujseh per ish baar hua kya Hua ?vo mujhse milne kyun nahi aayi ,aab toh ye raateion bhi ush sooraj ke inteezar mein apni rahh dekh rahi hai ,phir bhi uski ek khabar kyun nahi aayi mere hisse mein ,sayad mahroom hoi chuka hun apne alfaazo seh khdu ke anadar hee,aap bhi soch rahge honge bhale mein aishi baateion kyun kar raha hun ,matlab aisha bhi kya ? kya saiyar seh mill paaya mein ye nahi ? kaun shi khairat hai hisse mein jo mujhe parehsaan kar rah hai uski yaadeion mein ,kyun ghumsuda ho chuka hun khud ki hee khushiyon mein ,vo kehte hai jab manjil raset galat dikhati hai toh zarrori nahi ki uske peeche uski hee galti hee kyunki ush waqt galat ham bhi toh ho sakte kyunki ham hee ne toh vo manjil chuni hai ,aur sayad mein ush galat tha ,meri vo ishq ki gaaliyan jo uske kinare jaati thi sayad vo galta thi ,ajeeb seh khyaal ush din ushe lekar aa rahe thhe mere jeha mein,per apne mann ko ush waqt bhi sant karne ki koshish kar raha tha kyunki mein janta tha ki meri mohabatt galat ho sakta hai apne hisse mein per meri SAIYARA nahi ,vo bhi mujseh milne ke liye utni hee netaab thi kuch din pehle jab hamne baateion ki thi jitna ki mein tha phir vo abi tak aayi kyun nahi ?maine HAKIM chacha seh saiyara ke baare mein phir pucha per vo nashe mein dhut thhe ishliye vo kuch keh hee nahi paaya ,maine purra mohalla chaan mara uske baad bhi vo dkihay nahi di mujhe aur dikhti bhi kaishi,kish tarah pechanta mein suhe kabhi mulaqat bhi toh nahi hui usse ,bash alfaazo ke shar seh hee uski taalash mein nikal chuka tha ushe dhundne ke liye ,kyun ki hamne vaade kiye thhe ki jabtak mein ludhiana apni padhai purri ar ke nahi aayuanga tab tak vo apna cehra mujhe nahi dikhyai gi ,per ush din raaba ! sach kahu toh jaan chali gayi thi ,mann mein ajeeb seh khyal aa rahe thhe ki vo theek toh hai ,agar vo theek hai toh mujseh milne kyun nahi ayia ? aur hakim chacha ne toh mujseh ye kaha tha ki vo mere liye taufe lane gayi hai phir vo abhi tak mujseh milne kyunn nahi aayi ,syaad vo taar mere liye kuch khaas nahi thi ,ek faana thi mere hisse mein meri mohabatt ke liyeaur mein **SAIYARA** ke liye bhi ,mein jaishe hee **highway** pe ushe dhundne nikalat hun toh vha per kayi loog ikkithe aur toh aur vo sab yeh keh raha thhe ki ye toh bachne nahi vali phir ek ushi bheed seh seh awaz aati hai hai ki ye toh **SAIYARA** h**ai** **HAKIM** chacha ki beti ,uthaye ushe ..

Ush din jo ruuh thi mein sayad ye sunn kar hee marr chuki thi kyunki jish ladki ke liye liye maine apne 22 saal bina ush dekhe gujare sirf uske alfazo ke sahare ,mein usse ish kadar bhi milunga yeh umeed thi ,ush din apni kismat ko mein ek qafas mann raha tha ,mein rabba sh ye keh raha tha ki meri jaan le lo bash meri saiyara ko bacah lo ,matlab maine ushe thee seh dekha bhi nahi absh ushe vhia se seedhe HOSPITAL lekar gaya ,mein ush waqt khud ko sambhal nahi pa raha tha ,kya karu ? kuch samjah nahi aa raha tha ,dubb chuka tha ek aishi sham mein jsiki subha tay hee nahi ,manta hun usse mein kabhi nahi mila per jo 22 saal ke alfaaz aur jo yaadeion maine uske bina iikathe kiya vo ushe batana cahta tha ,ushe apne kareeb rakhana cahta usse gale lag kar ye kehna cahta tha ki mein ab tumse durr nahi reh sakta ,hogaiyaan na twwade naal dooriyan absh itni tak hee thi mere aab absh mainu tere naal rehna hai ,mujhe nahi pata gharavlo tak ye khabar kaishe pauchi per mein jaishe he**e SAIYARA** ki dawayien lene gaya tha neeche ,toh ab upar aakar dekha toh vo saare maujood thhe ,per khatre ki koi baat nahi thi halki shi sirf ser pe chhot aayi thi doctor ne pehle hee eh diya tha mujseh ,jab mein aaya toh saare ghabray aur daare hue thhe ki kya hua ? maine unhe sab kuch bataya ush waqt ? per meri jaan ush waqt bhi vhi aatki thi kyunki abhi tak ushe hosh nahi aaya tha ,mein roota bhi toh kiske kandhe ke shar kyunki kishi ko ush waqt ye keh bhi nahi sakta kyunki mein nahi janta tha ki mera parivaar ush waqt kishi tarah seh hamare rishto ko samjhata ,ishliye maine intezzar kiya SAIYARA ke hosh aane tak ,pata hai jab mein hosh mein aayi toh usne sabse pehle kya pucha sabse ?

SAIYARA : Mera ranjha kitthe hai ?

LOVELY ANEJA : Oye puttar ji kiski baateion kar rah ho tusi kaun ranjha ?

SAIYARA : apka puttra aur mere arjun kitthe hai uncle ji ?

Dil di dhadkan rukk gayi thi ush waqt jab usne mere naam liya ,saare hairaan thhe per mein ush waqt itna khush tha ki mein behsoh hee gaya ,aur aisha behosh hua ki seedha agel din hee utha ,agle din jaishi hee neend khulti hai saare mere bagal mein baithe thhe aur vo bhi ye puchne ke liye ki tu tayar hai viaah ke liye ? mein kya ji ? maine kaha kish da viaaha kaun kar raha hai ya khil di viaaha di baat karo raho aap saare ?phit ma ne kaha ki ham akhil di nahi puttar twadi baateion kar rahe hai ?maine pehle toh kayi nakhr dikhya per jaiseh hee SAIYARA ko dekha chup ho gaya ,"HAYE ALLAH " koi itna bhi khubsurat ho sakta hai

,uski aankheion ,uski baateion uski har e aada per ush din apni jaan lutra chuka tha ,mein kcuh hee nahi pa raha tha ,jo ladka ghanto tak apni ruhh seh baateion karta tha phone per jab vo samne aayi toh mere lafz hee nahi nikal rahe thhe ,ye kaun shi lehze ki sururaat hui thi mein nahi janta tha per sayad ushe dekh kar maine ye soch lita tha ki aab zindagi bhar ke life insurance ki baat ush khuda seh karni hee hongi ,aur maine ush din thaan liya tha ki mein toh aab ghodi chaad kar rahunga ,per jab vo kareeb aayi toh usne kya kaha aap sab bhi sun lo .....

SAIYARA : Aap toh mujhe hosh mein lane vaale thhe arjun ji ! toh aap kaishe behosh ho gaye (tabussam)....

ARJUN : Vo kya ludhiana mein kabhi chand nahi dekha maine vo bhi zameen per ishliye ...

Ush din jo khushi thi baayan nahi kar sakta apne lafzo mein ,usse ish kadar phir mill ke uske liye phir seh tadapana aur phir seh usse duinara milna aur itni saar khushiyan ek sath milna vo sambhal nahi pa raha tha mein ,maine ush din soch litye tha ki aab ludhiana seh durr nahi jaana mujhe aab bash apni saiyara ke sath hee rehna hai vo bhi zindagi bhar kabhi usse durr nahi jana bash uske pass rehkar uski baateion sunni hai ,kyunk kayi raateion thi jo pehle bhi uske bina gujari thi maine ,per aab usse mill kar phir seh nahi bicharna ,kyunki ish baar agar usse durr ho gaya toh sayad kabhi khud ko bhi nahi pechaan payunga ,khair hamar viaah seh kishi ko koi bhi dikkat nahi thi ,bhale hee hamar dharm alag thhe per hamare rishte ek thhe aur rishto ki pechaan kishi dharm seh nahi ki jaati ush din mere bapu hamesha mujseh kehte hai ,maine toh soch liye ki aab sath nahi chhodna ,per khwaab hai ji vo kehte hai aksar zindagi jo hame khushiyan dikhati hai zarrori toh nahi ki haqqeqat ki aanch seh hee bani ho ,aishi bhi baat ho sakti hai ki andhre ke khwaab seh likhi gayi ho kishi aur hisse mein aur sayad ush din ki khairat bhi kuch aishi hee thi per sayad ham dono usse anjaan thhe ,jish din useh sadko per dekha vo bhi ush halat mein ush din bata nahi sakt ki kya emotions thhe mere ,kish daur seh gujar raha tha mein ,bash itna janta ki iske bina aage kuch bhi nahi hai ,sambhal sakta tha ye janta hun mein per sayad ush din ke baad kabhi vo tabusaam dikhti hee nahi jo uske lafzo ko sunn kar mere cehre per aati hain ,en sab ke baad dono parivaar ne ye socha ki chali inki shaddi he hee jaye dharm alag hue toh kya hua dil toh ek hai ,ishliye ush din soch liya tha ki aab peeche nahi murne vala,mujhe nahi pata ki unke dhram mein aur mere dharm kaun shi deewar aur kishi kadar ki shaddi hoti hai ,per bachan bash ek nibhana cahta hun vo bhi yer ki kabhi uska sath nahi chhodunga ,per sayad mein toh tayar tha per kuch lamhe thhe jinse mein anjaan tha sayad ,do tarfa mohabatt toh sirf ek khairat thi mere hisse mein jo mein dekh raha tha per sachai kuch aur thi ,khair en sab ke hamari shaddi tay ho gayo jo ki 28 november ko thi ,sab tayar ho chuke basha mahine beetne ka intezaar kar rah thhe aur akhir kaar vo din bhi kuch waqt ke beetne ke baad aa hee gayi ,sab behad khush thhe chaaro taraf bash loog hamare bachpan ki baateion hee keh raha thhe ki kishi ye dono kabhi ek dusre seh mile na hee inhone isse pehle kabhi milne ki khawish jatayi sirf baateion ke sahare hee en dono ko ek dusre seh kab mohabatt ho gayi pata hee nahi chala,khair aab toh baache bade ho gaye hamare ye unka kehna tha .

SAIYARA bhi behad khush thi aur sabse ye keh rahi thi ki ARJUN ko kaho ki mujhe apne ghar seh jadli lekar jaye mein aab aur intezaar nahi kar sakti uska ,usse kaiseh kehta ki itni mohabatt matt karo mujseh sayad layak nahi

hun tumhare,ush waqt ek aishi fanna aayi thi hisse mein ki usse cahh kar bhi durr nahi ja sakta kyunki vo mere haqq mein kabhi thi hee nahi ,aur gara bolta bhi toh kaiseh bolta ushe ki jish saksh ke liye tumne sarri haade parr kar di sayad vo tumhara sath nibha na sake aage chalkar ?per akhir aisha hua kimein aishi baateion bol raha hun ?kya mere halat theek hai ?agar theek hai toh mein aishi baateion kyunkeh raha hun ?kya hamari shaddi ho payegi ?kya saiyara seh mein keh sakun ki aab intezaar bahut kar liya aab chalo ek dusre ke ho jaate hai vo bhi umar bhar ke liye ? per sayad ye kahani ush waqt ek hisse mein adhuri thi jo na toh mein purre keh sakta hun aur na hee jahir karne ki ijjat hai per sayad mein usse kabhi na mill payun ?wajah janta hun per waqt ne ish kadar mujhe kamjoor kar diya hai ki uske qafas seh bahar hee nikal payunga ? yeh meri mohabatt aur mere vaade juthe hee reh jayege ?

"*MANNA*
TERE
SEHAR
SEH
HOKAR
GUJRA
HUN
PER
VO
MERE
WAJOOD
KI
PECHAAN
NAHI"

"AUR
MANNA
TUJSEH
IKTARFA
ISHQ
KARTA HUN
PER
TUJSEH
DURR
REHNA
YE
AASHAN
NAHI."

www.ingramcontent.com/pod-product-compliance
Lightning Source LLC
Chambersburg PA
CBHW061409160726

47995CB00002B/527